衛斯理系列 少年版 14

妖火

作者：衛斯理
文字整理：耿啟文
繪畫：鄺志德

衛斯理
親自演繹衛斯理

老少咸宜的新作

寫了幾十年的小說，從來沒想過讀者的年齡層，直到出版社提出可以有少年版，才猛然省起，讀者年齡不同，對文字的理解和接受能力，也有所不同，確然可以將少年作特定對象而寫作。然本人年邁力衰，且不是所長，就由出版社籌劃。經蘇惠良老總精心處理，少年版面世。讀畢，大是嘆服，豈止少年，直頭老少咸宜，舊文新生，妙不可言，樂為之序。

倪匡　2018.10.11　香港

目
錄

主要登場角色

張海龍

衛斯理

張小龍

張小娟

第一章

行為怪異的老先生

那一年，我和白素剛走在一起，尚未結婚，她恰巧有事隨父親白老大到歐洲幾個月，剩下我一個人過春節。

年三十晚，我擠到熱鬧的街道上，感受**除夕**的歡樂氣氛。一直蹓到天黑，我停在一家古董店前，望着櫥窗內的各種**古董瓷器**。

我已看中了店堂中紅木架子上的那一隻**凸花龍泉膽瓶**，不但姿色青瑩可愛，而且在青色之中還帶點翠色，有着一股春天的生氣。

古董

我剛推門進去，店員便將那隻花瓶從架上小心翼翼地捧了下來。我心中不禁愕然，難道那店員竟能看穿我的心意？我正想伸手去接的時候，那店員卻將花瓶捧到了一位**老先生**的面前。

那老先生將花瓶小心地敲着、摸着、看着，足足看了十多分鐘，才抬頭問：「哥窯的？」

那店員忙道：「正是！好眼光！」

龍泉瓷器，是宋時張姓兄弟的妙作，兄長所製的，在瓷史上，便稱為「哥窯」，老先生這樣問法，顯出他是內行。

但我對於瓷器是外行，不確定這膽瓶會否是**贋品**，便插嘴向店員套問：「這瓶子你們是從哪裏蒐羅回來的？」

店員還沒開口回答，那位老先生卻激動地轉過身來對我說：「你不用問了，這是贋品**！**」

這時候，一個**肥胖**的中年人走了出來，顯然是店主，滿面堆笑地說：「老先生，千萬不要亂說，我們幾十年老字號，從不賣**來歷不明**的東西。這個瓶子是——」

店主還沒説完，那老先生突然氣呼呼地舉起手杖，向那花瓶直敲下去，喝道：「別再拿來騙人！」

片刻間，店主和店員都驚得**面無人色**。幸而我就在旁邊，立即揚起手臂，向那根手杖格去。

「啪」的一聲，老先生的手杖打在我的手臂上，我受過嚴格的中國武術訓練，自然不覺得什麼疼痛，反而將那柄手杖格得向上直飛，「乒乓」一聲，打碎了一盞燈。

店主滿頭大汗，喘着氣叫道：「**報警！報警！**」

我連忙勸道：「不必吧，花瓶又沒有壞。」

店主面上**猶有餘悸**，「壞了還得了，我只好跳海死給你們看！」

我微微一笑，「那麼嚴重？這花瓶到底值多少？」

我的手已探進褲袋裏拿錢包，準備他一說出價錢，便索性買下來，因為我確實很喜歡這花瓶。

店主打量了我一眼，說出了一個數目字。那數字之大，實在令我吃了一驚，「噢，原來那麼貴。」

我只好放下一些**鈔票**，賠償了那盞燈的錢，然後拾起手杖，扶着老先生走出那家店。轉過了街角，我才停下來，鬆一口氣說：「老先生，幸好你沒打爛他的花瓶，要不然就麻煩了。」

怎知那老先生卻冷冷地說：「打爛了又怎樣？大不了就賠一個給他，反正我還有一隻，和這個一模一樣的，它們原來是**一對**。」

我不禁驚訝地問：「你說，店裏那隻花瓶原本是你的？」

老先生「哼」了一聲，「若不是祖上在龍泉縣做過官，誰家中能有那麼好的青瓷？」

1000

如此說來，這位老先生一定是出身$大富$之家，只因家道中落，才迫不得已把心愛的花瓶賣給別人，如今跟花瓶重遇，自然觸景生情，所以情緒才會那麼激動。

我對這位老先生的身分產生了好奇心，冒昧地問：「老先生，未請教高姓大名？」

只見他瞪了我一眼，好像在說：我憑什麼要告訴你？

於是我先禮貌地自我介紹：「**小姓衛，叫衛斯理**。」

老先生一聽我的名字，面上突然現出急切的神情，抓住了我的手，微微發抖。

「太好了！我本來正要去找你的，卻不料就在這裏遇上！」

我很疑惑，忙問：「老先生，你要找我，有什麼事？」

老先生嘆了一口氣，「我一生沒有求過人，所以幾次想去找你，都不好意思登門，如今既然遇上了，請到舍下詳談如何？」

今天雖是年三十晚，但我反正一個人度過，聽聽老先生的故事也不錯，於是便答應：「**好的**。」

一輛勞斯萊斯轎車駛了過來，穿**制服**的司機下車打開車門，我看了**車牌號碼**，再打量了那老先生一眼，突然覺得他十分面熟，略想了一想，便叫了出來：「噢！原來閣下是X先生！」

他太出名了，我不便公開他的身分，所以接下來我會用「**張海龍**」三個字代表他的姓名。

「我以為你早該認出我的。」他笑了笑。

我想起剛才竟認為他是因為**家道中落**而心情不好，不禁暗自失笑，他到現在為止，財產之多，只怕連他自己也數不清。

我們上了車，張海龍吩咐司機：「***到少爺住的地方去***。」

只見司機面色一沉，戰戰兢兢地問：「到少爺住的地方去？」

張海龍説：「是。」

司機好像對那個地方感到害怕，嚥了一下口水，無可奈何地開車前去，我看到他握住駕駛盤的手指也在微微發抖。

十五分鐘後，車子已到了郊外，又駛了二十分鐘，才折進一條窄得僅夠一輛車子通過的小路，這時已經遠離市區了，四周寂靜到極點。

在小路上又駛了五分鐘，車子在一扇大鐵門前停住，鐵門的後面仍是一條路。那天晚上，天氣反常，十分潮濕，霧也很濃，無法看清前面那條路通到什麼地方去。

張海龍在衣袋裏摸出了一串鑰匙給司機，「去開鐵門。」

司機以顫抖的手接過了鑰匙，走到那鐵門前，突然「琅璫」一聲，那串鑰匙跌到了地上，司機面無人色地跑了回來說：「鐵門上的鎖，開……着……」

張海龍愣了一愣，在車子中取出了一具望遠鏡，往前面看去，喃喃地說：「霧很濃，但好像有燈光，開進去！」

司機無可奈何地點了點頭，上前推開鐵門，拾起鑰匙，然後回到車裏，開車駛進去。

張海龍將望遠鏡遞給我，我從望遠鏡看過去，只見前面幾株大樹後面，一列圍牆之內，有着一幢很大的洋房，隱約有燈光透出。

車子離那洋房愈來愈近了，不必望遠鏡也可以看得清，洋房的圍牆和牆壁上，全是「爬山虎」，顯然許久沒有人來修剪了。

車子駛進了圍牆，在大門口停了下來。圍牆之內野草蔓延，十分荒涼，燈光從樓下的大廳透出，而且還有陣陣的音樂聲傳出來，那是**舒伯特**的《小夜曲》。

不過當我們的車子停在門口時，**音樂**♪便停止了。

張海龍自己打開車門下了車，我連忙跟在後面，他以手杖重重地敲着石階，大聲問：「小娟，是你麼？」

大廳中傳來一個女子的聲音：「**爸爸，是我。**」

張海龍向石階上走去，剛到門口，門便打了開來，一個二十多歲的**短髮女郎**上前扶着張海龍。

「小娟，你怎麼來了？」張海龍問。

那女郎扶着張海龍進屋，說：「我早料到你會來，所以先來等你。」

張海龍嘆了一口氣。

那女郎皺着眉，低聲問：「爸爸，你幹嘛帶外人來？弟

弟的事，你不是不願告訴別人嗎？」

張海龍卻懷着希望說：「這次不同，你不知道，這位是衛斯理先生。」

第二章

那女郎用非常不屑的神情看了我一眼，便轉身走了開去，獨自坐在角落裏的一張沙發上，「刷刷」地翻着一本雜誌。

我心中對這位$千金$小姐也十分反感，難道她以為年輕、貌美、家中有錢，便可以連禮貌都不要麼？

我決定將她當作透明，對張海龍說：「張老先生，有什麼事情，請你說吧。」

張海龍托着頭，沉默了一會，才開口道：「衛先生，你認為一個年輕人留學歸來，不賭錢、不投機，沒有任何不良嗜好，卻在一年之內花光過千萬美元存款，還逼得要偷竊家中物件去變賣，這到底會是什麼原因？」

我聽了張海龍的話，心中不禁又好氣，又好笑。在大年三十晚上，他**鄭重其事**地將我請到這裏來，原來只是談論敗家子的問題。

我極力保持客氣地回答他：「原來那個花瓶是令公子拿出去賣的？但很對不起，對於敗家子的心理，我沒有研究，應該幫不上忙。」

那女郎忽然昂起頭來說：「**你以為我弟弟是敗家子麼？**」

我不但沒有回應，甚至連看都不看她半眼，因為我的策略就是要把她當作不存在。

她見我毫無反應，氣得站了起來說：「我弟弟不是敗家子，你隨意亂說，是對我們家庭的**侮辱！**」

我依然把她當作透明，還故意問張海龍：「那麼你除了這個兒子，還有其他兒女嗎？」

張海龍對我這個問題感到十分迷惑，指了指那女郎說：「她比她弟弟早出世半小時，他們是孿生姊弟。衛先生，請你原諒小女，她是個文靜有禮的女孩，只因太愛護弟弟，才會這樣對你不禮貌。畢竟小龍已經失蹤三年了。」

張海龍重重地嘆了一口氣，眼中有淚花。

我十分驚訝，像他這樣的億萬富翁，兒子失蹤三年，新聞居然沒有報道過，而現在卻找我幫忙，難道他沒有報警嗎？

他也看出我的疑問，主動說：「我不想報警。」

「為什麼？」我問。

「因為我還未能確定他失蹤前到底在做些什麼事，和他為什麼會失蹤。」

張海龍的解釋令我感到莫名其妙，這不是正正要讓**警察**去查的事嗎？而他終於説出重點：「**我不想影響他的名聲**。」

我恍然大悟了，像這種傳統富貴人家，最重視的就是**名聲**，即使他兒子沒有幹任何壞事，但在失蹤期間，外間難免會有各種各樣的猜測，如果找不到兒子，就永遠無法證明清白了。

「所以，你想我幫你找回令郎。就算找不到，也希望我能查出他**留學**回來之後，究竟在幹什麼，竟花了那麼大筆**金錢**，和他為什麼會失蹤。對不對？」我説。

張海龍點了點頭，「看來我沒有找錯人。請跟我來，我帶你去一個地方看看。」

但那女郎又跳起來，「爸，你決定將弟弟的**秘密**，暴露於人前麼？」

張海龍十分激動，「事情沒有弄清楚之前，這是秘密。但我相信事情弄明白之後，小龍的一切作為，對我們張家來說，一定會帶來榮譽，而不是恥辱。問題只在於，我們需要一個合適的人來解開真相。」

「我不管了！」那女郎又氣呼呼地坐回沙發上。

我也不去理會她，跟隨着張海龍走出了大廳，繞過這幢**大洋房**，來到後園。在後園裏，有着一個方形的**水泥建築物**，像是倉庫的模樣，鐵門上了鎖。

張海龍摸索着**鑰匙**說：「小龍是一個大好青年，他一年三百六十五天都在裏面埋頭苦幹，他可以成為一個極有前途的**科學家**！」

我向那門一指，「裏面是他的**實驗室？**」

「對。」

「他是學什麼的？」

「生物學。」張海龍說。

我正想再問下去，但那扇鐵門突然傳出一陣沉悶的**吼聲**。

我一聽到那吼聲，全身隨即震了一下，不由自主地後退了兩步，因為我可以辨認出，那是**美洲黑豹**特有的吼叫聲！

美洲黑豹簡直是黑色的**幽靈**，在森林中來去無聲，即使是兇狠的**土人**，或是高明的**獵人**，都對牠聞之色變。

而在這裏，居然能聽到美洲黑豹的吼聲，這實在是不可思議到極！

霎時之間，我不知想起了多少可能性來，我甚至懷疑張海龍是個**心理變態者**，他編造故事引我來這裏，是想拿我來餵他的美洲黑豹！

要知道，富豪偷偷飼養違禁動物的新聞也是屢見不鮮的，而張海龍很可能就飼養了一頭**美洲黑豹**。

我一手握住張海龍準備開門的手腕，怒問：「張先生，這究竟是什麼意思？」

「帶你去看我兒子的實驗室啊。」

「剛才從門內傳出來的那一下吼聲，你沒有聽到嗎？」

「自然聽到。」張海龍點頭。

「你可知道，那是什麼動物所發出的？」

「當然知道，那是一頭美洲黑豹。」

我立即質問：「你帶我到一個有着美洲黑豹的地窖去，那是什麼意思？」

張海龍呆了一呆，突然哈哈大笑起來，拍了拍我的肩頭道：「你誤會了，你以為我拿你去餵黑豹嗎？這一頭黑豹，是世界上最奇怪的豹，牠是吃草的。」

一頭吃草的黑豹——天下間還有什麼事情比這句話更滑稽？我開始懷疑張海龍並非心理變態，而根本就是神經失常！

「張先生，對不起，我真的要告辭了。」我正想轉身離開，但這時候張海龍鑰匙一扭，把**鐵門**打開，走了進去。

反正門都開了，我又回過身來，**小心翼翼**地踏前一步，向門內看去，發現是一條通向地下的**石級**。而張海龍已經二話不説走下去了，我按捺不住好奇心，吸了一口氣，決定也跟着他走下去看看。

沿着石級一直走，不一會便到了盡頭，盡頭處又是一扇門。

只見張海龍伸手在一個**按鈕**上，按了兩下，隱隱聽得門內響起一陣鈴聲。

我很驚訝，「裏面還有人麼？」

張海龍點頭，「有兩個。」

我緊張地問：「你將他們囚禁在這裏？」

張海龍嘆了一口氣，「等你見到他們，你就明白了。」

此時有人緩緩打開了門，我隨張海龍跨進去，那是一間十分寬大，有着良好通風設備的**地下室**，約有兩百平方公尺。

而令我目瞪口呆，幾乎説不出話來的，是這地下室的陳設。

地下室的一角，搭着一間矮小的**茅屋**，像是**原始人**居住的一樣。茅屋前豎着一段直徑約六寸，高約五尺的圓木所刻出的圖騰，塗上了顏色鮮艷的油彩。

這一切都使人聯想到原始森林。可是地下室的另一角，卻有一張老大的**實驗台**，擺滿了一排排的**試管**、各種各樣的**瓶子**，和許許多多的**藥物**，那是現代文明的結晶。

但最令我感到怪異的，是那間茅屋的旁邊，果然伏着一頭黑豹！

第三章

世界上最怪的實驗室

那頭黑豹，毛色如黑色的寶石，一對大眼睛閃着綠光，簡直是一個黑色的魔鬼，兇殘與狡猾的化身。

然而這個黑色的魔鬼，竟伸出利爪，抓起了一束乾草，塞到口中，津津有味地咀嚼着，像是一頭牛，或是一隻羊一樣。

在黑豹旁邊，還有一個人。他坐在地上，以奇怪的眼光望着我。但我相信，我望着他的眼光，一定比他奇怪得多。

他的身材十分矮小，大概只有一百三十公分上下，膚色是**紅棕色**，身上披着一張**獸皮**，頭髮黃黑不一，面頰上畫着兩道紅色的油彩。

我猜想他不是南美洲便是中美洲的一種**印第安人**。這個人，和剛才替我們開門的人一樣，只是性別不同，開門的是一個女人，裝束神情完全一樣，卻更矮些。

這一男一女向張海龍彎腰，他們行禮行得十分生硬，顯然不是他們原來的***禮節***。我呆了好一會，才開口問：「張先生，這是——」

張海龍說：「這兩個人，是小龍從國外回來時，一起帶來的。他們是什麼地方的人，我也不清楚。」

我用印加語問他們兩人，又說了幾種南美洲常用的語

言，可是他們都呆呆地望着我，顯然聽不懂我在說什麼。而那個男的，用一種奇怪的語言，向我說了一句話。

他所操的語言，是我從未聽過的。

我力圖聽懂他們的話失敗之後，便回過頭來，對張海龍說：「**張先生，這裏實在太奇怪了**。」

張海龍顯得十分嚴肅，「對。所以我才想到，要找衛先生你來幫忙。我希望知道小龍到底在這裏做什麼實驗，如今他又到哪裏去了？他雖然是一個十分專注於**科學**的人，但絕不會三年不和家人通訊。我想他可能已遭遇不幸，但就算他死了，我也要有一個確實的答案！」

張海龍是一個十分**堅強**的老人，但說到最後幾句話時，手也不禁在微微發抖，聲音也在發顫。

我不忍拒絕他，便說：「我願意試一試，但你必須回答我很多問題，而且，這地下室的鑰匙，要交給我。」

「**沒問題**。」張海龍爽快答應。

我走到實驗台前，仔細看了一看，發現**試管**並不是全空着的，其中幾支試管裏，有着乾涸了的化學物，一隻**酒精爐**已燃盡了酒精，連燈芯都焦了，一個好的科學家是不會這樣粗疏的，那表示，張小龍離開的時候，一定是十分匆忙。

我又看到，在實驗台的另一端，有着兩個厚厚的文件夾，顯然是張小龍的實驗紀錄。

我伸手去拿那兩個文件夾，立即聽到了兩把怪異的吼叫聲，和張海龍大聲呼喝的聲音！

只見那兩個身材矮小的印第安人，像兩頭貓鼬撲向響尾蛇一樣，向我攻了過來，而且他們手中各握着一柄尖矛！

這種土人手中的武器，自然含有劇毒，我不得不使出渾身解數去避開。

他們兩人已經撲到了離我身前只有五六尺，但我依然凝立不動，直到他們的尖矛向我胸口刺來之際，我才猛地躍起，站在實驗台上，然後雙足一頓，在那兩個印第安人的頭上掠了出去。

兩根尖矛「卜卜」兩聲擊在實驗台上，但他們立刻又回身再戰，向我夾攻。

世界上各式各樣的武術，大部分我都見識過，略知一二，可是這兩個人所使出的招式，我卻是從未見過的。

對我來說，要制服這兩個人，可謂易如反掌，可是我不清楚他們尖矛上塗了什麼毒，會不會連氣味也帶有毒性，所以應付得非常小心。

張海龍在旁邊提醒說：「這兩個人十分忠心，連我碰一碰那實驗台上面的東西，他們都要發怒的！」

我這才知道他們攻擊我的原因，正想向他們解釋之際，兩人已經從左右兩邊向我夾攻過來了。我立即轉身閃避，可是他們煞不住動作，尖矛互相刺向對方，就在危急關頭，我竭盡所有力量，舉起手掌劈下去，恰好同時把兩根尖矛劈斷，救了他們一命。

那兩個印第安人看到了我剛才的舉動，突然高叫：

「**特武華！特武華！**」

我不知道「特武華」是什麼意思，只見他們一面叫着，一面五體投地，向我膜拜起來，弄得我有點不好意思。

兩人拜了一會，便站起來，收起尖矛，還將那兩個文件夾遞到我手上。我接過了文件夾，回頭問：「他們的**食物**從哪裏來？」

張海龍說：「我也不知道，他們可能是趁深夜的時候，跑到後山找尋食物，我的***司機***就遇見過他們幾次，嚇得面無人色！」

我笑了笑，終於明白司機為什麼那樣害怕了。我提議道：「我們可以先離開這裏了，我相信，從這一大堆文件中，一定可以找出一點頭緒來。」

「但願如此。」張海龍說。

我們離開地下實驗室，回到屋子裏，只見張小娟仍是**氣呼呼**地坐在沙發上，連望都不望我一眼，只對她的父親說：「爸爸，你滿足了，這事我以後都不管了！」

張小娟霍地站了起來，高跟鞋聲「閣閣」地響着，走了出去，不一會，我們便聽到了**汽車**開走的聲音。

張海龍嘆了一口氣，我依然把張小娟當作透明，就像什麼也沒看見沒聽到一樣，坐下來，開始詢問有關張小龍的事。

「請問令郎在失蹤之前，**可有異樣？**」

「他為人一直十分古怪，很難說有什麼異樣。」

「他在美國哪一家大學求學？」

「密西西比州州立大學。」

「你認識他的同學或者朋友嗎？」

張海龍苦笑了一下，「我從沒見過他的朋友，坦白說，以他的**古怪脾性**，他到底有沒有朋友，我也十分懷疑。」

接着我又問了許許多多張小龍各方面的資料，但張海龍所知也不多，顯得有點**慚愧**。我覺得沒有什麼可以再問下去了，便站起身來說：「張老先生，你不必心急，我會盡力替你設法的。」

「衛先生，拜託你了，$報酬$方面你不用擔心——」

我立即打斷了他的話，笑道：「這不是我考慮的因素，

令郎的事已勾起我的好奇心了，要我罷手也難呢。」

我四周張望了一下，問：「令郎所住的房間在哪裏？可以帶我去看一看嗎？」

沒想到張海龍面上竟現出猶豫之色，「你真的要去看？」

我不禁疑惑地問：「難道那房間鬧鬼了？」

我這句話，本來是開玩笑的，但張海龍聽了，面色卻突然一變，好像被我說中了一樣。

第四章

張海龍神色有點慌張，四面看了一下，然後低聲對我說：「在一年前，這間別墅曾發生一單新聞，不知道你有沒有印象？」

我略想了一想，便記起來，「對了，去年除夕，有一個外國遊客，在某富商的別墅裏**暴斃**，難道新聞裏所指的就是——」

張海龍點頭道：「你的記憶力真不錯。」

「事情到底是怎樣的？」

張海龍沉默了一會，在腦海中把那件事整理了一下，然後敘述說：「那一年，某國**領事館**突然派人來聯絡我，說有一個遊客想借我的別墅住幾天，那人是小龍學校的一位**教授**。我和某國有生意上的來往，關係甚好，而且我也考慮是否請求這位教授幫忙尋找小龍，於是我便一口答應。沒想到他住了兩天，在我決定要向他求助時，他就在除夕晚上出事了。」

「出事的經過你知道多少**？**」我問。

「當時，這別墅還有一個園丁。據他說，當晚他逛**年宵市場**，逛到很晚才回來，只見那外國人的房間窗外冒着**大火**——」

「他是被燒死的？」我忍不住插嘴問。

張海龍搖搖頭，「不，據園丁說，那火焰不是紅色，而是**紫色**的，像神話中什麼**妖魔鬼怪**噴出來的

妖火一樣。他當時就大叫起來，立即衝上那個房間，大力拍門，見沒有反應，便撞門而入，發現那外國人已經死了。但最奇怪的是，不論室內或是室外，連一點火燒的痕迹也沒有。而那外國人的死因，是中了一種劇毒。」

張海龍講到這裏，我便立刻懷疑起那兩個印第安侏儒來，「是他們兩個嗎？」

張海龍又搖了搖頭，「當時他們都在那實驗室中，沒有出來。」

「怎麼證實？」我質疑道。

「那實驗室只有一個出入口，就是我剛才帶你去的那條路，而我在實驗室門外安裝了監視鏡頭，他們進出實驗室，我是可以看到的。後來我翻看當天的閉路電視片段，確定他們並沒有出來。」

張海龍講得如此肯定，我沒理由不相信他，接着他又説：「園丁報了警，我也從市區趕過來，在我到達的時候，不但某國領事館已有高級人員在，連警方最高負責人之一也在場。那時我才知道，死者的身分並不只是教授那麼簡單，但他們沒有告訴我，只叫我嚴守秘密，他們還向我多方面探問小龍的事，但都被我敷衍了過去！」

張海龍果然很着重保護兒子的名聲，不願向他們透露兒子的事。

「那麼，那個園丁現在在什麼地方？」我問。

張海龍慨嘆道：「經過那件怪事之後，他堅決要辭工，他説他早在前一晚，便已經看到花園中有幢幢鬼影了。誰想到他辭工後半個月，便因為醉酒，跌進一個山坑斃命。」

這一連串事件實在太耐人尋味了，我想了片刻，沉聲道：「張老先生，本來我只是想看一看那個房間，但如今，我卻想在這房間住上一晚，你先回市區去吧。」

「什麼？你想清楚了嗎？」張海龍十分驚訝。

我笑道：「你放心，妖火、毒藥，都嚇不到我的，若給我遇上了，反而更容易弄明白事實的真相。」

張海龍來回踱了幾步，終於把一串**鑰匙**交給了我：「這裏的鑰匙都交給你了，那房間是二樓左面第三間。你千萬要小心！」

我接過鑰匙說：「請放心。最後，我還有一件事情不太明白，剛才在古董店，你想把那花瓶擊毀，我能理解，因為你不想別人知道你兒子變賣家當。但我不明白，你為什麼不索性把花瓶買回來？」

張海龍嘆了一聲，「萬一他有了錢，想贖回那花瓶呢。」

他這樣說，我就明白了，其實他心裏也很矛盾，既不想別人知道兒子失蹤的事，卻又想留着這條唯一的線索，盼望兒子有一天會來贖回花瓶。

張海龍約略介紹過各柄鑰匙之後，便坐着他的勞斯萊斯離開了，那司機更是恨不得盡快離開這裏。

如今，這座大別墅就只剩下我一個人，而且方圓幾里路之內，只怕除了那兩個印第安人，也不會再有其他人了。

我走到二樓，打開了走廊上的燈，四周寂靜到極，卻又好像有陣陣陰風不知從哪裏吹來。

我的腋下，挾着那兩個大文件夾，來到張海龍所講的房間，用鑰匙開了門，跨進去，並開了燈。

房中的陳設十分簡單，較惹人注目的，是一個極大的**書架**，架上的書籍十分凌亂。

所有家具都封滿厚厚的灰塵，我掀起了**牀罩**，花了一些時間才把房裏的積塵打掃乾淨，然後坐在椅子上，仔細地想想接下來該怎麼做。

我翻閱了一下文件夾裏的內容，都是一些複雜難懂的**圖表**和**公式**，不是我一時三刻所能理解的，於是我將文件夾塞到了**枕頭**底下，待晚些時候再慢慢研究。

現在我先搜尋一下這房間的每一個角落，敲着牆壁，拆開被子，撕破枕頭，打開衣櫥，將每件衣服都翻來覆去地查看一遍。

然後我便着手檢查那個書架，逐本書取下來，抖動幾下，看看有沒有夾着紙張，當我翻到書架上第二層的書籍時，我大為振奮，因為我取到了一本有鎖的日記。

那一定是張小龍的日記了！我不禁大喜過望，可是，我立即又發現，日記簿上簡陋的鎖，早就被人破壞過了。

我打開一看，更發現那日記簿至少被人撕去了一半以上，留下來的，全是空白頁。但我仍不灰心，耐心地一頁一

頁翻着，希望從筆痕中辨認出字句來，但是我失敗了。那些英文字體寫得十分潦草，而且痕迹非常淺，我根本看不出他曾經寫過什麼，除了其中兩個字，寫的力度特別重，所以我能辨認出來。那兩個字譯成中文，就是「**妖火**」。

「妖火」是什麼意思？我一時間也想不出任何概念，但當我側頭細想的時候，眼睛自然地望着窗外，剎那之間，我明白「妖火」兩字的意思了。

因為，我見到了「妖火」！

第五章

驚險之夜

那令我驚駭的奇景，轉眼間便消逝，我連忙趕到窗前，推開窗子一看，外面卻是漆黑一片，什麼也看不到了。

從窗子望出去，是花園和別墅的另一角。剛才那奇異的景象，似乎是從別墅另一角的一扇窗子中，噴出了光亮奪目的火焰來。那火焰的色彩十分奇特，而且我沒有聽到什麼聲音，以「妖火」兩字來形容它，可算十分恰當。

所以，我立即便想到了「妖火」兩字，也就是張小龍日記上，我唯一能從痕迹看出來的兩個字！

但那神奇的火焰，怎麼會在片刻間又消失了呢？

這一晚的霧十分濃，我向下看了一看，窗子在二樓，離地雖高，但難不到我。我一蹬足，便從窗子中跳了出去。

着地後，我立即向剛才噴出火焰的窗子跑過去，當我掠到窗子前的時候，我不禁又愣住，原來那扇窗是緊閉着的，而且積塵甚厚。但剛才我明明看見有大蓬火焰，從這窗中噴射出來！

我掄起兩掌，將那窗子擊碎，向裏面看去，只見那是一間**儲物室**，堆滿了雜物，連供人立足之處也沒有。

我心中起了一陣十分異樣的感覺，據張海龍說，園丁在去年除夕晚上，看到那外國人所睡的房間窗外冒着大火，如今看來並非虛構，亦不是眼花。

而我更可以肯定，這「妖火」張小龍也曾看到過，因為他的日記簿上，留下了「妖火」這兩個字。

去年除夕，「妖火」出現，在半個月之內，牽涉了兩條人命。而今年，這個「**恐怖故事**」的主角卻換成是我了。

當我想到了這一點的時候，我身上感到了陣陣寒意，就在此際，我聽到實驗室的方向傳來了一陣十分怪異的呼叫聲。

那呼叫聲自然是實驗室中那兩個土人所發出來的，我連忙向實驗室走去，然而，才走出了兩步，四周突然一黑，別墅內所有的燈全都熄滅了！

本來在屋內燈光的映照下，我在花園裏勉強還能看到路，但如今燈一熄，我立即被黑暗包圍。

我頓時有一種不祥的預感，馬上一個箭步，向旁躍開了兩碼，隨即就地俯身，又滾出了三四碼，靜默地伏在地上。

那兩個土人的呼叫聲在這時已經停了下來，我伏在地上，仔細地傾聽着，卻沒有聽到任何聲響。

但我不敢動彈，因為我隱隱覺得危機就在身邊。

過了許久，遠處突然傳來一聲雞啼，天開始亮了，加上稀稀落落的**爆竹聲**，把四周的危機感漸漸驅散，同時亦提醒我，今天已是大年初一了。

我一躍而起，仔細地踱了幾步，給我發現了一個十分奇特的現象，在一叢**野菊**之中，有幾株枯萎了，而在枯菊上，插着一些長約三寸、細如頭髮的**尖刺**。我用手帕將這些尖刺小心地拔下來，一共收集了十來枚。

我暫時還不能確定這究竟是什麼，但中了尖刺的野菊都枯萎，那就表示這些尖刺上可能含有**劇毒**。

若不是昨晚我本能地伏在地上避開危險，那麼，這些尖刺可能已有幾枚射到我的身上了。而且我也立即想到，如果我中了尖刺**毒發身亡**的話，那麼別人一移動我的身子，細刺便會折斷，到時我的**死因**很可能只是「離奇中毒」，至於是怎麼中毒，就查不出來了。

想到這裏，我渾身泛起了一陣寒意，我果然差點就步那個外國教授的後塵！

我將那些尖刺小心包好，放入衣袋，然後保持警覺，走進了大廳，看看有沒有*不速之客*留下來的痕迹，但沒有任何發現。

接着我向樓上走去，回到昨晚我曾經仔細搜查過的那個房間，這時太陽已經升起了。

昨天晚上霧那麼濃，但今天卻是一個不折不扣的艷陽天。陽光從窗中照進來，室內的一切可以看得更清楚了。

我走到牀邊，掀起枕頭，想將那些文件取到手中再說。怎料當我一掀起枕頭的時候，發現昨晚放在**枕頭**底下的那兩個文件夾，已經不在了！

我用不着再到其他地方去找，因為我記得十分清楚，昨晚我就是因為想到這文件十分重要，所以才放在枕頭下，準備枕着它來睡，以防遺失的，如今既然不在，當然是被人盜走了。

我自嘲地聳了聳肩，這事件背後隱藏着一個**敵人**，我已經在第一個回合裏**落敗**了，而我對這個敵人依然一無所知。那些文件毫無疑問非常重要，所以才會引來敵人盜去。這本來是張小龍失蹤前遺留下來最重要的線索，如今卻斷掉了。

我心中不禁埋怨自己為什麼如此大意，在離開房間時，竟不將那些文件帶在身邊。不過當時窗外的奇異現象來得那樣突然，只怕再細心的人，也會急不及待去追尋究竟，而忘

了顧及其他。

如今我也不是完全絕望的，因為昨夜全屋電燈突然同時熄滅，如果是人為的話，那自然是從總掣下手的。而電力總掣，是人們長年也不會碰一下的地方，上面必定積有灰塵，昨晚若有人動過總掣的話，肯定會留下指紋。

我立刻去尋找電力總掣的所在，沒多久就找到了，我懷着緊張的心情掀起蓋子一看，不禁驚呆了！

本來我只有一半信心能找到敵人的指紋，因為對方很可能戴着手套去關總掣，或者用各種方法抹去指紋，這些我都有了心理準備。

但眼前所見的情況，卻是我萬萬料不到的，因為那些電掣上不但沒有指紋，而且還積滿了灰塵，就好像根本沒有人碰過一樣！

我用手推了一推，「啪」的一聲，屋內的電燈又重新亮起來。總掣上也出現指紋了，只不過，那是我的指紋。

第六章

科學上的重大發現

我踱步到荒蕪的花園去看看，即使在陽光照耀下，生滿了爬山虎的**古老大屋**，看來仍給人一種十分陰森的感覺。

正當我沉思着昨夜發生的事之際，一陣汽車聲傳了過來，我回頭看去，駛來的是一輛銀灰色的***跑車***，而開車的人就是張小娟。

張小娟下了車，走上石級，以十分凌厲的目光望着我，一直來到我的面前，才停下來說：「衛先生，聽父親說，昨晚你堅持要留在這裏過夜，完全不怕去年發生的事，為了錢，膽量可真令人佩服啊。」

一聽她的口脗，便知道她誤會我是覬覦她父親的財產，希望獲得優厚**報酬**而來的。我本來想延續昨天的策略，

把她當作透明去氣死她，但細心一想，便改變了主意，客氣地說：「張小姐，看來你跟弟弟的感情十分好，經常會來這裏睹物思人，我不但佩服你的膽量，更為你們的姊弟情而感動呢。」

我說得非常真誠，她完全沒料到我的態度會有這樣的轉變，一時間不知道該怎麼回應。

老實說，要找張小龍，張小娟的合作非常重要，不僅因為他們是姊弟，還更是孿生姊弟！

在孿生子之間，常常有一種十分奇異的心靈相通現象，就算他們兩姊弟沒有心靈感應，孿生子的基因相近，性格、脾性等各方面應該也有不少共通之處，透過認識張小娟，可以更了解張小龍的為人。即使是一般的姊弟，姊姊至少也會知道弟弟日常生活習慣等等的資料吧？

所以，我決定要討這位高傲的小姐歡心，以便事情進行得順利些。

「張小姐，我勸你這幾天不要在這別墅裏逗留。」

張小娟的反應很大，「為什麼？難道我父親已答應把別墅送給你嗎？」

我極力抑制住自己的情緒，**不卑不亢**地説：「張小姐，這事情對我本身，並沒有好處，我由始至終也沒有向你父親説要報酬。只是昨晚敵人出現過，我差點也遭殃，所以才提醒你一下。」

張小娟忽然笑了起來，「敵人？衛先生，你是不是生活太緊張了，導致神經衰弱，還是你**幻想小説**寫太多了，抽離不了故事？對了，聽説你是這方面的***作家***。」

昨晚初見面之後，她顯然已查過我的身世。

「張小姐，這事絕非子虛烏有，你自己看看。」我伸手從袋中取出用手帕包住的那十幾枚**毒針**來，放在高階上，「昨天晚上，我差一點就被這種毒針刺中！」

張小娟冷冷地望了一眼，似乎還不願意相信我的話，我便告訴她：「還有，昨天，我從你弟弟的實驗室中，取出的一些文件，被人盜走了，而且，我還看到了妖火！」

張小娟一直保持着不屑的神色，直到我說出「妖火」兩字，她才面色一變，「你也見到了？那麼說，我並不是眼花了？」

我立刻追問：「你也見過？多少次？」

「一次。」她說到這裏，突然又冷靜下來，「衛先生，我相信那只是一種奇異的**自然現象**，不值得大驚小怪。」

我禁不住質問：「難道這些毒針，還有那些文件不翼而飛，都是自然現象嗎？」

我自以為我的提問一定會令張小娟**啞口無言**，怎知她堅定地說：「我可以肯定，你所講的敵人，並不存在。

雖然我不知道弟弟身在何方，但是我卻知道，他如今正平安無事，而且心境十分愉快。」

我心中不禁猛地一動，她說得如此肯定，難道她和張小龍之間，果真有着心靈感應？我正準備追問下去的時候，張小娟的面色卻突然變得極其蒼白，連嘴唇也變成了**灰白色**，雙眼愣愣地望着遠方。

「張小姐，你不舒服麼？」我大為緊張。

只見她急促地喘着氣，雙手捂住胸口，沒回答我，身子卻搖搖欲墜。我連忙踏前一步，將她扶住，然後扶着她進去大廳，讓她躺在沙發上歇息，又連聲問她有什麼地方不舒服。

張小娟依然**面色慘白**，身子微微發抖，我連忙去倒了一杯水給她，她喝過水後，身體狀況才慢慢緩和下來。

「張小姐，你一直有這種病？」

「這不是病。」張小娟向我苦笑了一下，「你一定聽過，心靈感應這回事？」

我恍然大悟，立即**驚訝**地問：「難道……你剛才忽然感覺到，**你弟弟出了什麼意外？**」

張小娟緊蹙雙眉，點了點頭，「他出了什麼事，我不太清楚，但我卻知道，他一定遭遇了極大的痛苦，因為剛才突然之間，我的心中也感到了極度的痛苦。」

我並不懷疑她的感覺，因為不少**孿生子**之間，都會有這種現象，有的孿生姊妹，一個因車禍而斷了手臂，另一個的手臂也會因劇痛而癱瘓。

「那麼，你弟弟在什麼地方，你感覺得到嗎？」

張小娟苦笑着搖搖頭。

她原本很堅定認為弟弟並沒有敵人，而且心境十分愉快，但忽然之間，又感覺到弟弟遭遇了極大的痛苦。我細心分析了一下，推測道：「那麼，照這樣來說，敵人很可能在**囚禁**了你弟弟三年之後，才忽然對他施以嚴厲手段。」

此刻張小娟也不敢輕易否定我的猜測。

我感覺她開始信任我了，便接着問：「那麼，你以前有沒有遇過像剛才那樣的感覺？」

張小娟點頭道：「有的，第一次，是弟弟**失戀**，當時他難過得想自殺！而第二次，是五年前，弟弟從美國回來之前的兩個月，我突然有了同樣的感覺，當時我真嚇壞了，以為弟弟出了什麼亂子，立刻打電話找他——」

「**結果怎麼樣？**」我急不及待地問。

「結果，他在電話中告訴我，他發現了**生物學**上的一項**新理論**，但全體教授都不認同，反倒嘲笑他是個**狂人**，所以他精神十分痛苦。那件事發生後不到兩個月，他就回來了，他本來再過半年便可以拿到**博士頭銜**，但他卻放棄了，因為他堅信自己所創的新理論，並且要以實驗證明。事實上，他是在那天和我通了電話之後，立即離開學校的。」

「那中間的兩個月，他做了什麼？」

「他到**南美**去了，最後，他是從**巴拿馬**坐輪船回來的。」

我吸了一口氣，感覺已漸漸摸到事情的核心了，我繼續問：「那麼，你弟弟創立的新理論，究竟是什麼？」

張小娟搖搖頭，「我不知道，我沒有問過他，因為我完全不懂生物學，我是學音樂的。我只知道他為了證實自己的理論，無日無夜地躲在那實驗室裏，不斷地用錢，但是他自己卻連一雙新的襪子也沒有，不剃頭，不刮鬍子，幾乎是個大野人，我們見面的機會也是很少的。」

我苦笑道：「古往今來，偉大的科學家，大都是這樣的。」

張小娟「噢」的一聲說：「我想起來了，有一次，他興奮地對我說，如果他的實驗成功，他將會成為人類歷史上最偉大的科學家之一！」

我聽了之後，心中不禁暗暗吃驚。張小龍的失蹤，會否就是那驚世理論所引起的呢？

第七章

夜襲實驗室

我要知道張小龍那項新理論的內容，並不是什麼難事，因為他既然曾將理論向學校裏的教授提出過，那麼只要去拜訪那幾位教授，向他們詢問一下，就可以知道了。

不過當務之急，要先應付已經潛伏在我們附近的敵人，這是目前最大的**威脅**，昨晚我差點就死於對方的毒刺之下了。

敵人可以在別墅裏**來去無蹤**，到底是什麼來歷？我不禁想起那兩個土人，昨夜聽到的怪叫聲，不是他們發出，還會是誰？但他們就是偷走文件的人嗎？看來也不大可能，因為文件是他們自願交給我的，難道他們突然又後悔了？

我心中充滿疑問，在大廳裏來回踱步了片刻，見張小娟的面色已漸漸緩了過來，便問：「張小姐，那兩個土人的來歷，你清楚嗎？」

張小娟說：「那兩個人，是弟弟從南美洲帶回來的，他們原本生活在洪都拉斯南部的**原始森林**之中，是特瓦族人，他們奉信的神是**大力神**，叫作『特武華』。但我也不知道弟弟用了那麼多心血，將他們帶過來，是為了什麼緣故。」

我至少又弄明白了一個問題，那就是當我一手將他們的**尖矛**劈斷時，他們對我高叫「特武華」，原來那是他們崇拜的神的名字。

「怎麼了？你懷疑他們就是你口中的敵人？」張小娟堅定地說：「不可能的。這三年間，我因為想念弟弟，間中會來這別墅，有時還會去看看那兩個土人，希望有弟弟回來的消息，而他們從來也沒有傷害過我。」

我點頭認同她的看法，然後問：「那麼，你弟弟是如何失蹤的，他們難道一點概念也沒有？」

張小娟沮喪地搖頭道：「沒有。他們的語言十分簡單，**詞彙**也缺乏得很，稍為複雜一些的事情，他們便不能表達了。」

如此說來，經過這三年的接觸，張小娟已經能略懂他們的語言。

「實驗室裏那頭**黑豹**，又是什麼一回事？」我好奇地問。

「那是一頭美洲豹，是我弟弟實驗室裏最主要的東西。」

「**為什麼？**」

張小娟攤了攤手，「我也不知道。」

「好了，你還能開車嗎？你也該回市區去了，留在這裏畢竟會有危險。」我說。

張小娟睜大了**眼睛**，「你要繼續留在這裏？」

我點頭道：「不錯，我想先在這裏調查一下，然後再到美國你弟弟就讀的大學去，查探他研究的新理論到底是什麼，跟他的失蹤是否有關。」

「那麼，你一個人在這裏不危險麼**？**」

我笑道：「放心好了，我是特武華。」

張小娟聽了，忍不住笑了起來，這是我第一次看到她這樣燦爛地笑。

「那麼，我回市區去了。」她站了起來。

「嗯，沒什麼事情，暫時最好不要再來。」

張小娟的身體狀況已經復元了八九分，我目送她開車離去後，便直接到實驗室去，向那兩個土人查問昨晚發生過什麼事。

可是他們一看見我，又是那樣「**特武華！特武華！**」地叫着，由於言語不通，我根本無法問出什麼結果來。我真後悔太早讓張小娟離開，否則她或許能幫我翻譯一下。

這時候，我想起了張海龍説過，在實驗室的出入口，安裝了**監視鏡頭**。我走出實驗室，抬頭一看，果然有一個攝像鏡頭。我連忙返回大屋裏，走進書房，打開房裏的一台**電腦**，在細心尋找之下，終於找到了連接閉路電視的軟件，而且可以重播昨夜的錄像片段！

我立即細心地查看昨夜的情況，但結果令人失望，鏡頭所見，昨晚什麼事情也沒有發生。我嘗試在電腦裏尋找其他片段，可是又一次令我失望，因為全屋就只有那唯一一個監視鏡頭。

看**閉路電視**片段看得我眼睛也痛了，我半躺在**大辦公椅**上昏昏欲睡，我提醒自己不要睡，萬一敵人趁機偷襲，那就麻煩了。可是我腦裏又有另一把聲音，認為敵人早就離開了，因為他們已經得到想要的東西，就是那些被偷去的文件。

我最後還是敵不過睡意，在辦公椅上睡着了。不知睡了多久，我被電腦的**警號聲**吵聲，我睜開眼睛一看，發現那閉路電視的畫面漆黑一片，警號在提醒，監視鏡頭或線路可能已被破壞。

我立即意識到有事情發生，幾乎從二樓一躍而下，衝出了後門，向實驗室奔去。我發現倉庫和實驗室的門都被人破開，實驗室內，**人**和**豹**都不見了！

我連忙又跑了出去，四處張望，隱約看見有兩個人和一頭動物的身影沒入後山的黑暗中，顯然就是那兩個土人和黑

豹。我立刻追上去，但他們很快就失去了蹤影，而在我四處搜尋時，忽然發現一個人躺在地上打滾，痛苦地呻吟着。

我一個箭步趕到那人身旁，他是一個**白種人**，有着**藍眼珠**、**金黃色蚼鬚**，身形十分高大，口角流着涎沫，似是**中毒**，嘴裏發出「荷荷」的聲音，說着西班牙話：「**救命**……」

我正想幫他召救護車，可是發現手機仍留在書房裏充電，而他的狀況亦急轉直下，發出了一聲恐怖而淒厲的狂叫，然後身子猛地一挺，便僵直不動，他已斷氣了！

如無意外，他應該就是破壞實驗室大門的人。我定了定神，冷靜地戴上一雙隨身帶備的**手套**，小心翼翼地在他身上搜索，居然沒找到任何證明他身分的東西，甚至連**手機**也沒有，這令我更加肯定他不是普通人，而是一個怕被追蹤和查出身分的人。

他身上唯一有用的線索，是一封信，上面寫着一個地址和人名：「**頓士潑道六十九號五樓，羅勃楊**」，筆迹非常特殊。

我並不知道羅勃楊是什麼人，但這是唯一的線索，我便收起此信，匆匆回到別墅的書房去。

我不能報警，因為我會變成最大的嫌疑人，而且亦難以解答警方對我的一大堆疑問，因為張海龍一直把兒子失蹤的事**保密**，不能公開。

我決定拆開那封信看看，裏面只有一張匆匆寫成的字條，用西班牙文寫着：「羅勃，他們可能已經得到了一切，我決定放棄了。你一切要小心，不要暴露身分，盡快離開**！**」

如果我依照地址找到這個羅勃楊，或許就能逐漸剝開這神秘事件的真相。當我想到這裏的時候，門鈴忽然響起，我從窗子望出去，看見大門外站着兩名**警察**和兩條**警犬**！

寄頓士潑道
六十九號五樓
羅勃楊收

第八章

警察這麼快就找到來，實在令我**大吃一驚**，雖然我已經十分小心，盡量不留下任何痕迹，但也擔心百密一疏，成為了嫌疑犯。

我換上**睡衣**出去開門，故意打着呵欠。那兩個警官立即禮貌地說：「深夜來麻煩你，真不好意思。」

我趁機道：「我對狗毛敏感，能不能將兩頭警犬拉開些？」

「可以，可以。」他們說着便把警犬拉開了一些。

我讓他們將警犬牽開，是怕警犬認出我的**氣味**，我也

故意站開一些說：「張先生不在，我是他的朋友，姓衛，你們找他有什麼事？」

我一面說，一面伸長手臂遞過了我的名片。

那位警官向我的名片望了一眼，「噢，原來是衛先生。是這樣的，我們在後山那邊發現了一具**屍體**，所以來附近查問一下有沒有目擊者，或者有什麼線索資料可以提供給警方。」

我「啊」的一聲說：「我睡到半夜的時候，好像聽到後山傳來一些聲音，但因為太睏，我轉過頭又睡着了。居然發生**命案**了？死的是什麼人？是小偷嗎？」

我刻意非常煩厭地追問情況。

警察也不想向我透露太多調查細節，只說：「我們暫時仍在調查死者的身分，如果你想起任何有用的線索，請隨時與我們聯絡。」

我忙道：「**一定！一定！**」

那警官顯然因為張海龍的關係，加上對我的名字也略有所聞，所以態度顯得十分客氣，對我也沒有任何懷疑，交代了幾句之後，便轉身離去，在臨走前提醒我：「對了，據附近村民報告，晚上曾有**動物**的吼聲，山上或許有野狼野豬之類的猛獸，你出入記緊要小心！」

「我明白了，謝謝提醒。」我心裏居然笑了出來，因為我幻想着他們如果發現那不是野豬野狼，而是***美洲黑豹***時，會有什麼反應，尤其當那頭黑豹在他們面前吃着草的時候。

兩名警官離去後，我回到別墅，不敢四處亂跑惹人懷疑，一直等到第二天早上才出門。

我決定先回家，嘗試把整件事從頭到尾理順一次，然後展開各方面的調查。

首先，我將那十來枚毒針包好，小心地放進一個**牛皮紙信封**之中，吩咐管家老蔡把它送到一家我熟悉的化驗室去化驗。我對老蔡千叮萬囑，絕對不要打開信封亂碰裏面的東西，同時我也預先通知了**化驗室**，交給他們化驗的東西可能有劇毒，提醒他們小心處理。

接着，我發了一封電郵給身在美國的表妹紅紅，請她幫我調查密西西比州州立大學裏，約五年前有一個叫**張小龍**的中國學生，他曾經研究過什麼項目，提出過什麼大膽的新理論，與哪些教授有聯繫，還有其他有關這個人的資料，都盡量替我蒐集。

以紅紅貪玩的性格，她一定十分樂意為我效勞，甚至感到無比興奮呢。

然後，我和一位朋友通電話，他是一家高等學府的生物系講師，我向他打聽，這三幾年來，生物學上可有什麼特殊的新發現。結果聊了半天，也沒有得到什麼新的線索。

於是我又和一個傑出的私家偵探朋友黃彼得通了電話，委託他調查三年之前，當張小龍還未失蹤的時候，張小龍不斷花費的巨額金錢，都用在什麼地方上。

這當然是一件極其困難的工作，但**黃彼得**卻自信十足，還說五天之內就能查出來。

我聽了黃彼得肯定的答覆後，心情舒暢了不少，因為如果知道張小龍那些巨額開支花在什麼地方，對於了解他在實驗室裏研究些什麼，甚至是他失蹤的原因，也有很大幫助。

如今我多管齊下，委託了化驗所、紅紅和黃彼得，從各方面去調查，使我對解開張小龍的失蹤之謎，增加了不少信心。

而下一步，就要我親自出馬了，那就是到頓士潑道，去見一見那個叫羅勃楊的人。

但我實在又餓又累，決定先飽吃一頓，再洗了一個熱水澡，然後又睡了一覺，直到傍晚時分才醒來，頓覺精神一振，可以出動了！

我穿好了衣服，走出臥室，卻見老蔡站在門口，面上的神色十分難看。

我有一種不祥的預感，連忙問：「什麼事？我叫你辦的事，你辦好了嗎？」

只見老蔡愧疚地搖了搖頭。

「為什麼？」我疑惑地問。

老蔡口唇顫動着說：「是我**老糊塗**，粗心大意……」

一聽他這麼說，嚇得我連忙檢查他的雙手和身體，緊張地問：「你不會是打開了信封，碰到那些毒針吧？哪裏碰到了？有沒有中毒？」

「沒有，我沒有打開信封。」老蔡面孔**漲得通紅**，結結巴巴地說：「我只是……在路上看到有兩個外國人在打架……去湊熱鬧看看……然後發現……那個信封被人偷去了！」

「給人偷去了？」我瞪大了眼睛問他。

老蔡十分內疚，「是……我完全沒察覺，到了化驗室門前，一摸口袋，才發現東西沒有了。我想了很久，覺得應該是在看熱鬧的時候被人偷去的。」

偷去信封的人，如果是一般小偷的話，那麼他真的太倒霉了，當他打開信封碰到那些毒針，很可能馬上就**一命嗚呼**。

但我問老蔡：「你身上還少了什麼？」

老蔡答道：「沒有，什麼都沒少，就只是那個信封不見了。」

這令我相信，**偷竊者**並非普通小偷，而是有預謀的。如果屬實的話，那表示我的行蹤已被人監視，所以對方才會懂得從老蔡身上偷取**毒針**。

我安慰老蔡：「你不必太自責，此事我會處理，現在我要外出辦點事，你照平常那樣活動，假裝我仍在屋裏，不要露出異樣。」

「嗯。」老蔡點了點頭。

我立刻走到書房，打開了一個十分精緻的皮箱，裏面放着十二張精製**面具**。那些面具薄如蟬翼，罩在面上，可以完全扮成另一個人，極難被識破。

我選了一張五十歲左右，有着一個**酒糟鼻子**的面具，罩在面上，對着鏡子一看，幾乎連我自己也難以辨認出來。

我又換過了一套款式老舊的服裝，然後從後門走了出去，連步法也模仿着一名中年人，步往車站，坐巴士前往頓士潑道，去找羅勃楊。

第九章

頓士潑道是一條十分短而僻靜的街道，我下了  **巴士**，一轉入頓士潑道，彷彿已經遠離了鬧市一樣，迎面而來的，是一對靠得很緊密的情侶。

我看看號碼，找到了**六十九號**。

這條街上的房子，大多數是同一格局，五層高，每一層都有**陽台**，是十分舒服的舊式洋房。六十九號的地下，左右兩面都沒有店鋪，我走上了幾級石階，來到電梯門前。

在等候電梯之際，我心中不禁在想，那位羅勃楊先生，究竟是怎麼樣的人物？他和這件事，又有着什麼關係呢？

如果運氣好的話，今晚我大概就有收穫了。

但萬一這位羅勃楊機警狡猾，並非善類，那麼我不但**白跑一趟**，而且還可能遭遇危險！

電梯下來了，我跨進電梯，心中仍不斷地思索着應對的方法。片刻之間，電梯已到了五樓，我走出電梯一看，發

現六十九號五樓是和七十一號五樓相對的，那是所謂「一梯兩伙」的樓宇。

我按了一下六十九號的門鈴，等了半分鐘也沒有回答，我再按第二下，仍然沒有人應門。我索性急速地連續按，直到門內有人開口問：「**什麼人？**」

我連忙說：「請問有一位楊先生住在這裏嗎？」

「什麼楊先生？」

「羅勃楊。」我說。

門內的人猶豫了一下，才再問：「你找他有什麼事？」

「我是街邊擺水果攤的，有一個洋人叫我送一封信來。」

裏面靜了一會，然後門打開了一道縫，說：「讓我看看！」

我拿出那封信，在門縫前展示給他看，同時，我以肩頭向門上推去，希望能夠將門推開，走進屋去。

但我不成功，因為那門上有一條防盜鐵鏈拴着。

對方一看到信封上的獨特筆迹，便以迅雷不及掩耳的速度將信搶去，只說了一句：「我就是羅勃楊。」然後把門「砰」的一聲關上，幾乎軋住了我的手指！

當然，如果我要撞門而入，那是輕而易舉的事，但這樣一來，卻會打草驚蛇，加上我不清楚對方的身分，也不了解屋內的情況，實在不宜輕舉妄動。

我沒料到這位羅勃楊竟然如此警覺，連他是什麼樣子，我也沒看到，只是在門打開一道縫的時候，看到他穿著一件紅色的睡袍而已。

我在門外呆了一呆，又按了按門鈴，說：「楊先生，那洋人說，信送到之後，會有打賞的，我還因此提早收攤呢。」

門再度開了一道縫，飛出了一張**鈔票**來，同時聽到他說：「**謝謝！**」接着，門又「砰」地關上了！

我拾起了那張五百元的鈔票，感到有點意外，他出手這麼闊綽，還說了一句「謝謝」，自然是想盡快把我打發走。但他這樣的舉動使我更起疑心，我四面看了一看，想着應對的辦法。

我看到後樓梯的門，立即閃起了一個十分冒險的念頭，反正我拿什麼藉口，羅勃楊都不會讓我進屋的，那麼我何不由**天台**爬下去，從窗口潛入屋內看看？

我笑了一笑，立即沿樓梯跑到天台去，晚上的天台寒風陣陣，十分冷清。

我先向街下望去，只見行人寥寥，而且都絕不會仰頭上望的，只要我動作夠快，應該不會被人發現。

我從天台的邊緣爬下來，沿着一條水管，來到了一扇凸花玻璃窗前，旁邊不遠處還有一口抽氣扇，一看便知，這裏一定是**浴室**。

窗內沒有燈光，我側耳聽了一下，也沒有聲音，表示浴室裏沒有人。為了通風，浴室的窗一般都不會關緊，我用力一拉，把窗子打開到盡頭，然後以極迅速的身法，鑽了進去。

這浴室十分寬大，而且非常怪異，就着窗外照進來的光線，我發現浴室內竟然沒有浴巾、廁紙、牙膏、牙刷，反正什麼**日用品**都沒有，就像沒有人住一樣。

浴室的門是關着的，我不能看到外面的情形，但門縫中卻一點光亮也沒有，由此可知，屋內的人離**浴室**很遠。

我靠在門旁，仔細聽了一會，外面沒有任何聲音，於是我便輕輕地打開一道**門縫**，向外窺探，發現原來這是一間套房的浴室，而最令我驚訝的是，這房間居然什麼**傢俬**也沒有！

我呆了一呆，覺得事有**蹺蹊**，連忙又打開了房門，在漆黑中依然可見外面是個很寬敞的廳子，而且一樣是空蕩蕩的，什麼也沒有。

在廳子的一邊，另外有兩扇門，門縫下也沒有**光線**透出，我輕輕地逐一打開，兩個房間都是空的，這裏根本就是一個**空房子**！

我全身頓時透着一股寒意，這到底是怎麼一回事？羅勃楊呢？剛才那個跟我對話，拿了信，還丟給我一張五百元鈔票的人，到底在哪裏？

當然，羅勃楊可以趁我走上天台之際，迅速離開，但他事先並不知道我會送信來，而且他剛才還穿著睡袍，顯然是在這裏居住的，他又怎麼可能在短短幾分鐘內，把所有東西帶走，只留下一間空房子？

我心中充滿了疑問，只想到一個最簡單的辦法去解開這個謎，那就是我原路退出去，回到這屋子的門外，再按門鈴，如果沒有人回應，那表示羅勃楊真的逃跑了，但萬一羅勃楊依然能應門，我就馬上撞門進去，抓住他，要他解答所有疑問！

我不直接從大門走出去，因為從正門進出太顯眼了，我希望不動聲色，好像從來沒有進來過一樣。

於是我回到了浴室，從窗口爬了出去，沿着水管，正想爬上天台時，卻見天台邊緣放了幾罐**啤酒**，聽到有人在天台把酒聊天。我無可奈何，只好選擇向下滑去，沒想到這樣情況更壞，就在我剛好着地之際，突然兩道強光射了過來，同時聽到斥喝聲：「別動！」

我本能想發難逃跑，但立即聽到手槍扳動的聲音，只好慌忙舉起了雙手說：「別開槍。」

又聽得有人喝道：「別動！」

我在電筒**強光的照射下**，隱約看到一個人持槍指着我，另一個人小心翼翼地向我走來，往我的腹部打了幾拳之後，突然「格」的一聲，用手銬銬住了我的雙手！

我心裏大呼倒霉，竟讓我遇上了兩個**便衣探員**，他們看到我爬水管，一定以為我是竊賊了。

我正想着該怎麼解釋的時候，他們已經將我押到街口，

只見一輛黑色的**大房車**駛了過來，司機戴着帽，將帽簷拉得低低的，看不清他的面目。

那兩個便衣探員，其中一個上前打開了車門，對我喝道：「進去！」

「到哪裏去？」

我的話一出口，背上又「咚」地捱了一拳，那大漢説：「當然是到警局去，難道請你去跳舞嗎？」

但我指着那輛黑色的大房車説：「朋友，這不是警方的車，你們究竟是什麼人？」

那兩個大漢一聽到我這麼説，面色不禁一變。

第十章

失手被擒

從那兩人面色一變，我便知道他們絕非**警方人員**，最大可能是羅勃楊已經發現了我的異樣舉動，所以派人來將我擒住。

當我想到這一點，反倒沒有逃脫的念頭了。因為我一直想追尋和張小龍失蹤有關的線索，但目前為止，卻一點成果也沒有。本來，我如果能和那個羅勃楊見面的話，或許能查出一些***端倪***。可是羅勃楊機警得令我吃驚，不但瞬間不見了，而且屋內什麼東西都沒有留下，甚至還來得及派人來抓住我！現在如果我逃脫了，就連這條線索也會斷掉，倒不如**將錯就錯**，跟他們回去，或許能**順藤摸瓜**，探得更多秘密。

這時司機咳嗽一聲，將帽子拉高了些，向那兩人使了一個催促的眼色。

那兩人立即各以**手槍**，抵住了我的腰際，低聲喝道：「識相的，就跟我們走。」

我立刻假裝害怕，「兄弟，我……只不過是一個倒霉的小偷，有話好說……」

他們暴力地將我推進車廂，「砰」的一聲關上車門，車子迅即疾馳而去，我想記住車子駛到什麼地方，可是他們給我戴上了一副**墨鏡**，嚴格來說，那只是看起來像墨鏡，實際上兩片鏡片完全不透光，我什麼都看不到。

一路上，我裝出可憐的表情，不斷地哀求着那兩個人，「兩位大哥，我也是因為生活艱難，最近才走上小偷這條路，可不可以跟你們老闆求個情，放過我啊？」

我這樣説，當然不是真的想求情，只是希望假裝成普通的竊匪，降低他們對我的**戒心**。

他們不勝其煩，各用手槍抵住我的腰，撞了我一下，示意我閉嘴。

車子足足疾馳了一個小時左右，才停了下來。他們打開了車門，將我拖出了車廂。我正想摘下墨鏡之際，他們猛力拍打我的手，喝斥：「**繼續戴着！**」

我只好乖乖聽話，任由他們押着我走，不作半點反抗。足足隨他們走了二十分鐘，我才聽到**開門**的聲音，但進入那扇門後，走了五分鐘，又進了第二扇門，幾經轉折，終於停了下來，而我的墨鏡也被他們除下了。

我花了一分鐘時間才適應光線，看清了眼前的情形。那兩個冒充的警察已經走了，只有那個司機，正俯身和一個坐在沙發上的外籍胖子低聲講話。

那是一間普通的起居室，我看不出什麼異樣來，只見那個**胖子**態度囂張而神秘，在室內也戴着一副黑眼鏡，當然，他這副墨鏡是真的，跟我剛才所戴的不同。

司機一邊說，那胖子便一邊點頭，而我則裝作不知所措地坐着。

那面目陰森的司機向胖子交代清楚後，坐在他的身邊，而那胖子用有點生硬的英語說：「**衛斯理先生，久仰大名**。」

我一聽他這麼說，幾乎從椅子上掉了下來，因為我一直在努力假裝「小偷」的角色，但沒想到他們原來早就知道我是誰了。我想起自己一路在車上的「精彩表演」，禁不住面紅起來，只好掀開面具，打哈哈道：「原來這麼精緻的面具，也掩蓋不住我的**鋒芒**。」

那胖子乾笑了幾聲，說：「衛先生，我們請你來，是有一些問題想你如實回答。」

「如果我不想答呢？」

那陰森的司機立即看了看我手腕上的**手銬**，說：「衛先生是聰明人，應該會樂意合作的。」

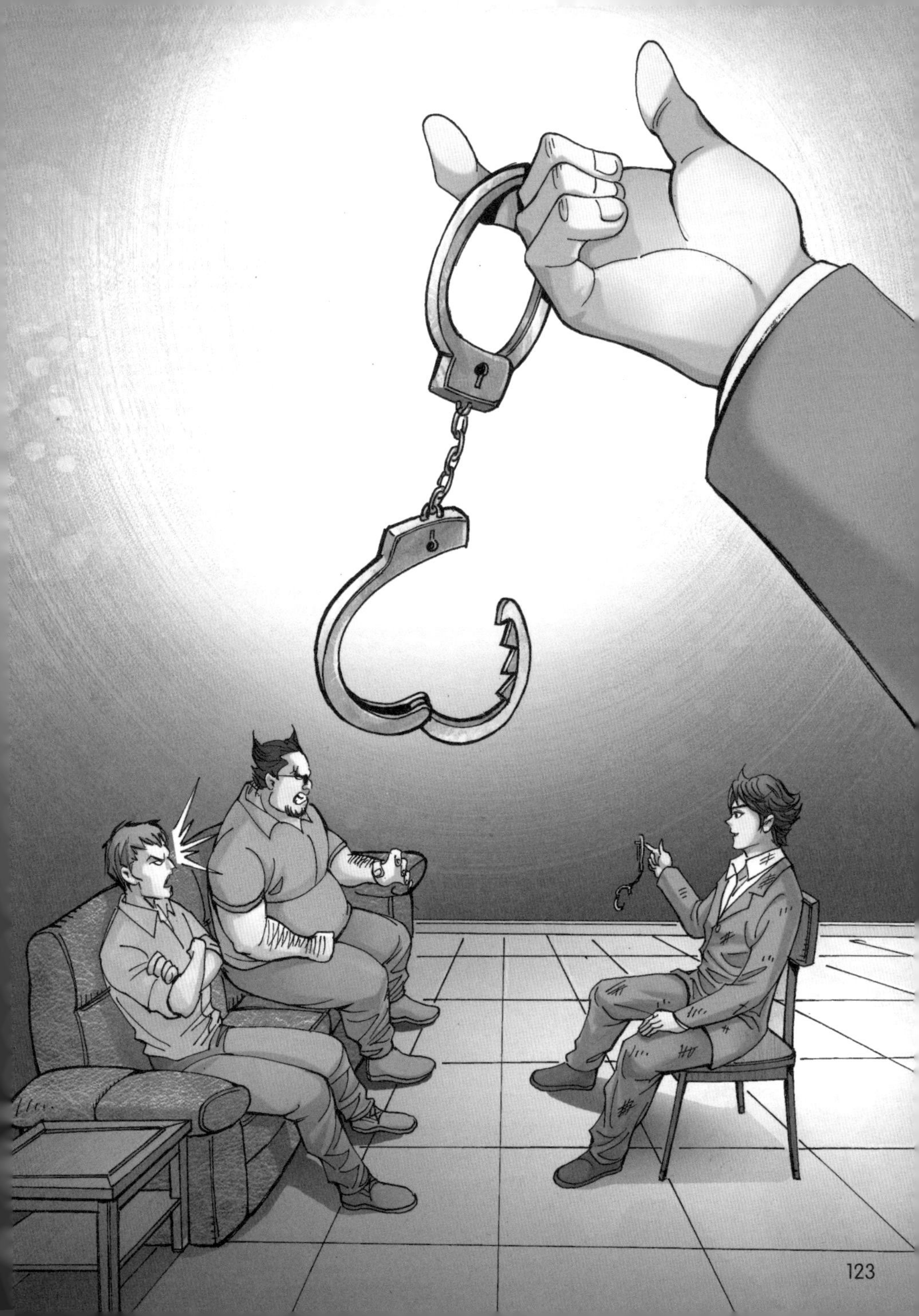

既然他們已認出我的身分，我也沒必要繼續假裝下去了，我雙腕用力一扭，手銬隨即解開，掉在地上。那當然是因為我在車上煩擾着那兩名冒充警員時，已悄悄從他們身上偷去鑰匙，將手銬解開。

此刻胖子和那司機面上都露出驚訝的神色。

我神氣地笑道：「好，你們可以問了，我或許會想答的。」

那胖子立即問：「衛先生，你是什麼時候開始為**勞倫斯·傑加**工作的？」

他第一條問題就已經令我啼笑皆非，鬼知道勞倫斯·傑加是什麼人啊？我回答道：「你們一定是弄錯了，我不認識這個人。」

那胖子顯然不相信我的話，冷冷地說：「**你不認識他，為什麼要幫他送信？**」

他這麼說，我立即「啊」的一聲叫了出來，想起了那個離奇死在別墅後山的白種人。胖子口中的勞倫斯·傑加，一定就是他了！

「你是說那個有着金黃蝌髯的高個子？」我問。

那胖子笑了笑，「衛先生果然認識他。」

但我冷冷地說：「我真的不認識這個人，在我見到他的時候，他已經死了。」

胖子和那陰森的司機都吃了一驚，齊聲道：「死了，勞倫斯死了？」

我聽出那胖子的英語帶有西班牙語的音尾，所以斷定他

是從南美洲來的，於是試探地說：「是的，他很可能是死在兩個**特瓦族人**的手上，你既然從南美洲來，應該知道特瓦族人所用的毒藥有多厲害！」

那胖子愣了一愣，然後又問：「好，衛先生，那麼，勞倫斯給羅勃楊的信裏，到底寫了些什麼？」

「我怎麼知道？偷看別人的信是十分**缺德**的。」我希望自己說這句話的時候沒有面紅，否則就穿幫了。

那胖子也感覺到我不是很合作，加重語氣地問：「那麼，那位有着十七八個名字的羅勃楊，他對你說了些什麼？」

這真是冤枉了，我坦白地說：「如果他願意和我多說幾句話，我又何必從天台爬進他家裏去？」

胖子按捺不住情緒了，怒氣沖沖地反駁：「你若不是接受了他的秘密任務，又怎會神神秘秘地從他的寓所爬水管下來？」

他這個說法令我好氣又好笑，我禁不住作弄他說：「好吧，我對你坦白了，他給我的任務就是——」

那胖子和司機都引頸傾聽。我用認真的口氣說：「他吩咐我扮成小偷，沿水管爬到地面，把監視着他的人引出來，假裝被擒，隨那些人回到基地，然後向他們的首領做一個鬼臉。」

我說罷隨即向胖子做了一個鬼臉，登時氣得他**七竅生煙**。

「你認為這樣很有趣嗎？」胖子怒吼。

「反正我說真話，你也不會信。」我忍不住笑。

但那胖子沒什麼**幽默感**，一言不合就拔出手槍指着我，**猙獰**地說：「你似乎還不知道，為了得到真實的答案，我們是不惜**殺人**的！」（待續）

案件調查輔助檔案

小心翼翼

我剛推門進去，店員便將那隻花瓶從架上**小心翼翼**地捧了下來。

意思：形容非常小心謹慎，不敢疏忽。

來歷不明

這時候，一個肥胖的中年人走了出來，顯然是店主，滿面堆笑地說：「老先生，千萬不要亂說，我們幾十年老字號，從不賣**來歷不明**的東西。這個瓶子是——」

意思：人或事物的來歷與經過不清楚。

面無人色

片刻間，店主和店員都驚得**面無人色**。幸而我就在旁邊，立即揚起手臂，向那根手杖格去。

意思：面容沒有血色，形容非常驚懼而臉色發白。

滿頭大汗

店主**滿頭大汗**，喘着氣叫道：「報警！報警！」

意思：形容十分急迫的樣子。

觸景生情

如此說來，這位老先生一定是出身大富之家，只因家道中落，才迫不得已把心愛的花瓶賣給別人，如今跟花瓶重遇，自然**觸景生情**，所以情緒才會那麼激動。

意思：看見眼前景象而引發內心情緒。

家道中落

我想起剛才竟認為他是因為**家道中落**而心情不好，不禁暗自失笑，他到現在為止，財產之多，只怕連他自己也數不清。

意思：家境不如往昔富貴。

戰戰兢兢

只見司機面色一沉，**戰戰兢兢**地問：「到少爺住的地方去？」

意思：恐懼得發抖，形容因害怕而小心謹慎的樣子。

鄭重其事

我聽了張海龍的話，心中不禁又好氣，又好笑。在大年三十晚上，他**鄭重其事**地將我請到這裏來，原來只是談論敗家子的問題。

意思：對事物的態度認真嚴肅。

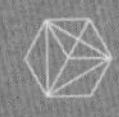

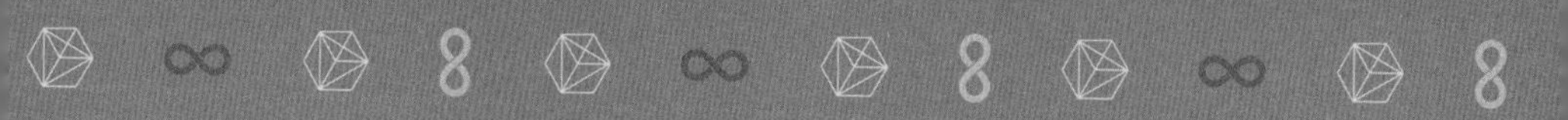

毫無反應

她見我**毫無反應**，氣得站了起來說：「我弟弟不是敗家子，你隨意亂說，是對我們家庭的侮辱！」

意思：不作任何理會。

莫名其妙

張海龍的解釋令我感到**莫名其妙**，這不是正正要讓警察去查的事嗎？而他終於說出重點：「我不想影響他的名聲。」

意思：形容事情奇怪；不合常理。

不由自主

我一聽到那吼聲，全身隨即震了一下，**不由自主**地後退了兩步，因為我可以辨認出，那是美洲黑豹特有的吼叫聲！

意思：指控制不住自己。

易如反掌

對我來說，要制服這兩個人，可謂**易如反掌**，可是我不清楚他們尖矛上塗了什麼毒，會不會連氣味也帶有毒性，所以應付得非常小心。

意思：比喻事情非常容易做到。

大喜過望

那一定是張小龍的日記了！我不禁**大喜過望**，可是，我立即又發現，日記簿上簡陋的鎖，早就被人破壞過了。

意思：結果超過了原來所期望的，因而非常高興。

不速之客

我將那些尖刺小心包好，放入衣袋，然後保持警覺，走進了大廳，看看有沒有**不速之客**留下來的痕迹，但沒有任何發現。

意思：沒有邀請自己前來的客人，指意想不到的客人。

不卑不亢

我極力抑制住自己的情緒，**不卑不亢**地說：「張小姐，這事情對我本身，並沒有好處，我由始至終也沒有向你父親說要報酬。只是昨晚敵人出現過，我差點也遭殃，所以才提醒你一下。」

意思：形容處事待人態度得體，既不傲慢，也不卑微。

不翼而飛

我禁不住質問：「難道這些毒針，還有那些文件**不翼而飛**，都是自然現象嗎？」

意思：沒有翅膀就飛走了，比喻東西突然不見了。

啞口無言

我自以為我的提問一定會令張小娟**啞口無言**，怎知她堅定地說：「我可以肯定，你所講的敵人，並不存在。雖然我不知道弟弟身在何方，但是我卻知道，他如今正平安無事，而且心境十分愉快。」

意思：像啞巴一樣，說不出話來。形容理屈詞窮的樣子。

搖搖欲墜

只見她急促地喘着氣，雙手捂住胸口，沒回答我，身子卻**搖搖欲墜**。

意思：形容形勢或地位不穩。

當務之急

不過**當務之急**，要先應付已經潛伏在我們附近的敵人，這是目前最大的威脅，昨晚我差點就死於對方的毒刺之下了。

意思：當前任務中最緊急的事。

百密一疏

警察這麼快就找到來，實在令我大吃一驚，雖然我已經十分小心，盡量不留下任何痕迹，但也擔心**百密一疏**，成為了嫌疑犯。

意思：在極周密的考慮中出現了一點疏忽。

一命嗚呼

偷去信封的人，如果是一般小偷的話，那麼他真的太倒霉了，當他打開信封碰到那些毒針，很可能馬上就**一命嗚呼**。

意思：指人死亡。

輕舉妄動

當然，如果我要撞門而入，那是輕而易舉的事，但這樣一來，卻會打草驚蛇，而且我不清楚對方的身分，也不了解屋內的情況，實在不宜**輕舉妄動**。

意思：不經慎重考慮，輕率任意地行動。

不動聲色

我不直接從大門走出去，是因為從正門進出太顯眼了，我希望**不動聲色**，好像從來沒有進來過一樣。

意思：一聲不響，不流露感情。

順藤摸瓜

現在如果我逃脫了，就連這條線索也會斷掉，倒不如將錯就錯，跟他們回去，或許能**順藤摸瓜**，探得更多秘密。

意思：比喻沿著線索追究，可以得到結果。

疾馳而去

他們暴力地將我推進車廂，「砰」的一聲關上車門，車子迅即**疾馳而去**，我想記住車子駛到什麼地方，可是他們給我戴上了一副墨鏡，嚴格來説，那只是看起來像墨鏡，實際上兩片鏡片完全不透光，我什麼都看不到。

意思：快速地向一個目標奔馳而去。

不勝其煩

他們**不勝其煩**，各用手槍抵住我的腰，撞了我一下，示意我閉嘴。

意思：形容不堪繁雜的事、不堪別人的打擾。

怒氣沖沖

胖子按捺不住情緒了，**怒氣沖沖**地反駁：「你若不是接受了他的秘密任務，又怎會神神秘秘地從他的寓所爬水管下來？」

意思：形容憤怒得氣呼呼的樣子。

七竅生煙

我説罷隨即向胖子做了一個鬼臉，登時氣得他**七竅生煙**。

意思：形容焦急或氣憤到了極點。

衛斯理系列少年版 14

妖火（上）

作　　者：衛斯理（倪匡）
文字整理：耿啟文
繪　　畫：鄺志德
助理出版經理：周詩韵
責任編輯：陳珈悠　鄧少茹
封面及美術設計：BeHi The Scene
出　　版：明窗出版社
發　　行：明報出版社有限公司
香港柴灣嘉業街 18 號
明報工業中心 A 座 15 樓
電　　話：2595 3215
傳　　真：2898 2646
網　　址：http://books.mingpao.com/
電子郵箱：mpp@mingpao.com
版　　次：二〇二〇年十月初版
二〇二二年七月第二版
ISBN：978-988-8687-29-9
承　　印：美雅印刷製本有限公司